Ballenas grises

Lada Josefa Kratky

NATIONAL GEOGRAPHIC LEARNING | CENGAGE Learning

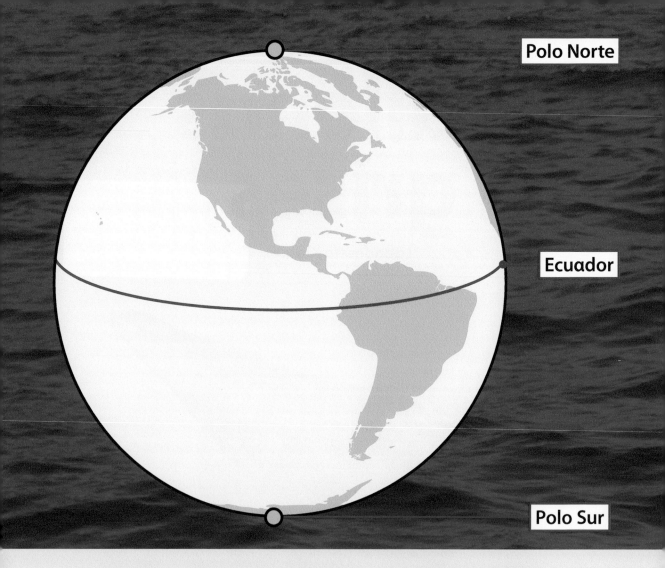

Polo Norte

Ecuador

Polo Sur

Este globo es un mapa del
mundo. El puntito azul arriba
marca el Polo Norte. El puntito
azul abajo marca el Polo Sur. La
línea del centro marca el ecuador.

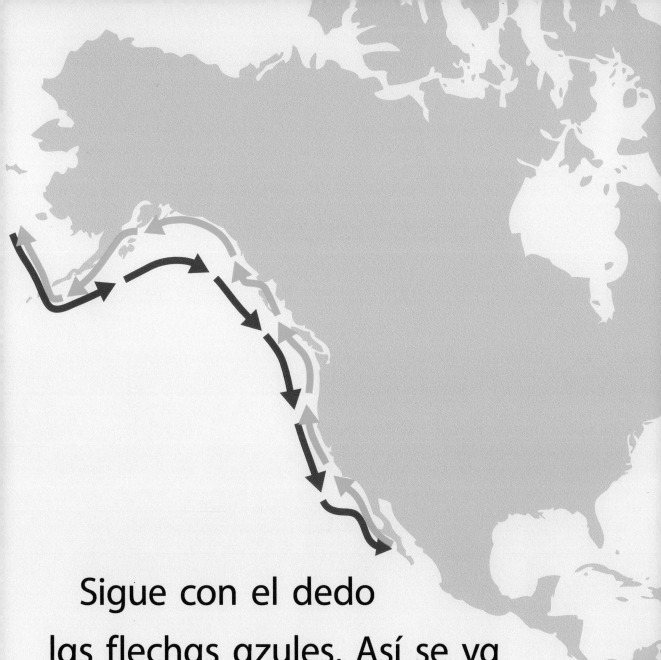

Sigue con el dedo
las flechas azules. Así se va
hacia el norte. Ahora sigue
las flechas rojas. Así se va
hacia el sur.

La ballena gris hace este viaje.
Va del sur al norte en verano.
Después, regresa al sur. Es un viaje
larguísimo que hace cada año.

En el norte, las aguas son frías,
pero están llenas de alimento.
Allí las ballenas comen mucho.
En el sur, hay aguas calentitas.

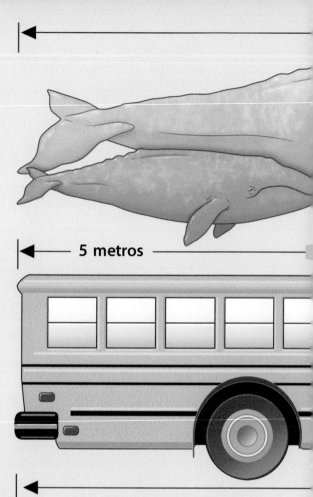

5 metros

En el sur nacen los ballenatos. Al nacer, ya saben nadar, pero tienen mucho que aprender. Además, deben comer mucho para un día llegar a ser del tamaño de su mamá.

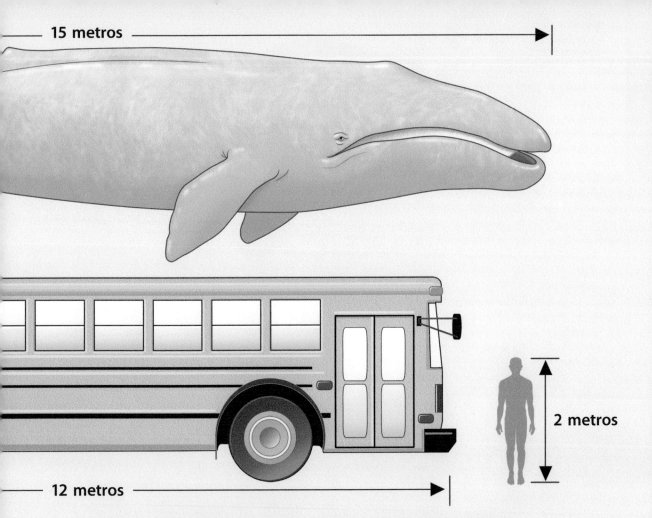

15 metros

12 metros

2 metros

Un ballenato es pequeño
comparado con su mamá.
¡Pero es más grande que una
persona! Poco a poco crecerá
y llegará a ser más grande que
un bus.

Pasan unos pocos meses.
Ahora las ballenas hacen su viaje
al norte. El viaje dura tres meses.
Hay poca comida en el sur. Saben
que habrá más en el norte.

A veces las ballenas se ven pasar de lejos. Lanzan chorros de vapor. O dan tremendos saltos. A veces se ve la cola que las impulsa por el agua.

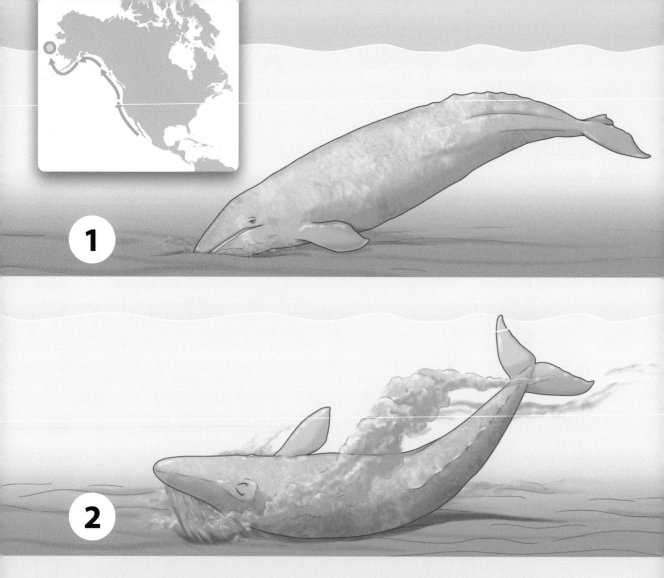

En el norte, las ballenas se llenan la panza. Así come la ballena gris: baja al fondo del mar y se llena la boca de lodo. En el lodo hay muchos animalitos.

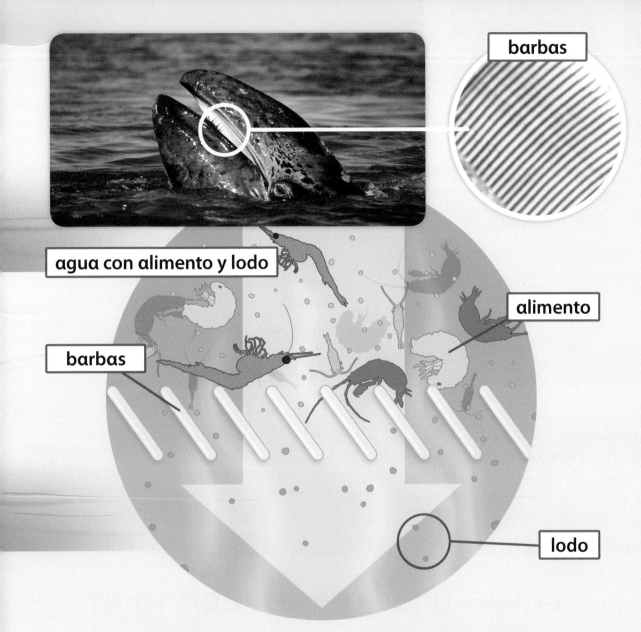

barbas

agua con alimento y lodo

alimento

barbas

lodo

La ballena pasa el lodo por un tipo de colador que tiene en la boca. El colador deja pasar la tierra pero guarda el alimento.

Pasan unos meses. Con toda esa comida, las ballenas se ponen gordas y fuertes. Ahora están listas para su viaje de regreso al sur.